Le pianiste

FichesdeLecture.com

Le pianiste
(Fiche de lecture)

I. INTRODUCTION

Le pianiste est un roman autobiographique écrit par Wladislaw Szpilman. L'ouvrage raconte l'histoire de ce pianiste juif issu d'une famille modeste, et qui se retrouve enfermé dans le ghetto de Varsovie, pendant la Seconde Guerre mondiale. La vie devient de plus en plus dure pour tous les habitants prisonniers de la ville, tandis que les nazis durcissent les conditions de vie...

II. RÉSUMÉ DE L'ŒUVRE

L'œuvre a une dimension autobiographique directe, puisqu'il s'agit de la propre expérience de l'auteur, qu'il raconte dans ce roman/mémoires de 18 chapitres :

En septembre 1939, alors que le pianiste (et narrateur) Szpilman donne un récital joué en même temps à la radio, les Allemands encerclent la ville. Ce soir-là, Wladyslaw joue la Ballade en fa mineur, la Barcerolle, quand soudain, l'électricité saute dans le studio. C'est fini. C'est la capitulation et la tragédie.

C'est le début de la guerre psychologique. Un jour, Wladyslaw apprend qu'il doit porter l'étoile jaune et qu'aucun juif n'a le droit de posséder plus de deux mille zlotys. Il est également interdit à toute famille juive d'occuper plus d'une pièce. Les nazis promulguent des dizaines de lois impossibles à observer et toute infraction est punie de mort. Comme tous les juifs, Wladyslaw doit déménager pour habiter dans le ghetto où les Allemands leur font une guerre totale. L'horreur commence lorsque les premiers tris sont organisés. Les petits enfants sont séparés de leur mère et sont envoyés à Treblinka. Les gens croient qu'ils partent travailler et Wladyslaw le croit aussi.

Wladyslaw se produit en solo dans les cafés du ghetto et fonde un duo piano-violon. Ils jouent chaque soir quatre pièces de musique légère que Wladyslaw compose à cette fin. Un grand nombre de ces chansons qu'il compose pour assurer sa survie dans le ghetto deviendront des succès après la guerre, en Pologne, aux États-Unis et même en Russie.

Wladyslaw n'a plus d'instrument pour travailler personnellement car ses parents, n'ayant pas réussi à trouver un emploi, ont dû tout vendre, même leur très beau piano. La tragédie survient le 22 juillet 1942 à midi quand le ghetto est scindé en deux parties : le petit ghetto relié au grand ghetto par un pont au-dessus de la ville. Des familles sont séparées et il est interdit de franchir le pont. Quand les parents, le frère et la sœur de Wladyslaw sont sélectionnés en 1942, il veut partir avec eux, mais les policiers juifs, qui le connaissent comme musicien, l'en empêchent physiquement.

Le ghetto est fermé depuis 1940 quand soudain l'épidémie de typhus se déclare. Les Allemands, qui ont très peur d'être contaminés, laissent souffrir les Juifs pendant quelque temps. S'évader est périlleux car tout Polonais qui recueille un juif est passible de la peine de mort. Après le départ de ses parents, Wladyslaw n'a plus d'endroit où habiter car sa chambre a été attribuée à d'autres. Il est également sans travail, ce qui signifie la mort, car les ridicules rations alimentaires ne sont distribuées qu'à ceux qui ont un emploi. Wladyslaw se rend à l'administration juive du ghetto et les fonctionnaires lui conseillent d'essayer de jouer pour les SS qui aiment la musique. Il refuse et trouve finalement du travail dans un commando qui construit un immeuble à huit kilomètres des murs. Wladyslaw sait qu'il sera liquidé lorsque la maison sera achevée et il décide de s'enfuir. Il alerte des amis polonais qui lui prêtent un appartement vide sans lui demander d'argent. Witold Lutoslawski donne un concert avec un violoniste et lui offre son cachet. Vingt personnes s'unissent pour lui sauver la vie.

Wladyslaw loge ensuite dans l'atelier d'un peintre, puis, un ami chef d'orchestre lui prête sa garçonnière. Il s'établit dans une chambre dont il ne sort pas pendant quatre mois. L'endroit étant devenu trop dangereux, Wladyslaw le quitte et se retrouve dans la rue, sans papiers, comme un fantôme. Il met deux heures pour atteindre le domicile d'un ami ingénieur à la radio, qui habite à deux minutes de là. Il est hébergé dans un apparte-ment vide pendant dix jours. Il change encore de cachette pour finalement aboutir dans une chambre où personne ne peut soupçonner sa présence. On lui apporte à manger de temps en temps.

Puis, les juifs se soulèvent avec quelques vieux fusils et combattent pendant six semaines avant d'être anéantis. Le ghetto est rasé. Les SS brûlent toutes les maisons encore debout. C'est le mois d'août et Wladyslaw est seul dans la ville détruite et vidée de sa population. Il décide de partir de sa cachette. Des soldats le remarquent et lui crient d'arrêter, mais il s'enfuit dans les ruines d'un petit immeuble calciné, puis dans un autre qui tient encore debout. Il ignore cependant que des commandos allemands s'y sont installés. Il se réfugie au grenier, mais au bout de trois jours, il n'a plus rien à manger ni à boire. Il descend à l'étage inférieur pour fouiller dans les placards. Soudain, il entend dans son dos un officier allemand lui crier : « Haut les mains ! » L'officier lui dit de ne pas avoir peur. Wladyslaw tente de lui mentir en racontant que cette maison était la sienne avant la guerre. L'officier lui demande sa profession et Wladyslaw répond qu'il est pianiste et compositeur. L'officier lui demande s'il est juif et ils descendent dans l'appartement au-dessous. Ils entrent dans une vaste pièce dont les vitres sont brisées. Au milieu trône un piano à queue. L'officier lui demande de jouer quelque chose. Wladyslaw choisit de jouer une Nocturne de Chopin. L'officier lui demande comment il a réussi à se cacher alors que la ville a été évacuée. Wladyslaw le conduit au grenier. L'officier revient trois fois le voir avec des vêtements et de la nourriture. Il confie à Wladyslaw que les Allemands ont perdu la guerre et que dans trois semaines, ils auront quitté la ville.

La guerre prend fin, mais Wladyslaw ne le sait pas et reste dans son grenier. Décembre arrive et le thermomètre descend à moins vingt-cinq. Il n'y a plus rien à boire car l'eau est gelée dans les gouttières. Wladyslaw se résigne à sortir. Il ignore que les Russes ont traversé la Vistule et le premier soldat allemand déguisé en civil le prend en chasse. Un autre soldat surgit avec un brassard de l'armée polonaise et brandit un revolver en criant : « Haut les mains ! » Wladyslaw lui répond en polonais et se retrouve dans l'appartement occupé par son sauveur allemand trois semaines plus tôt, en train de jouer du piano pour les soldats polonais qui lui apprennent qu'il est le seul civil dans Varsovie détruite. Wladyslaw vit trois semaines en compagnie de ces soldats et retourne enfin à la radio. On l'installe devant un piano et il donne un récital de Chopin improvisé en direct.

Après deux ou trois semaines de repos et de bons traitements dans la caserne des soldats polonais, Wladyslaw, propre et rasé, retrouve les rues de Varsovie en homme libre. Pas un seul immeuble n'est encore intact. Un squelette humain repose contre un mur de façade. Sa stature est frêle, les os fins et délicats : une jeune fille. Wladyslaw pense à ses sœurs dont il ne reste rien. Son regard dérive vers le nord de la ville, vers le ghetto et ses cinq cent mille Juifs assassinés. Demain, il entame une nouvelle vie. Il reprend sa route. Un vent féroce secoue la ferraille dans les décombres. Le crépuscule arrive, la neige se met à tomber du ciel assombri, plombé.

Épilogue

Environ deux semaines plus tard, un collègue de la radio polonaise, le violoniste Zygmunt Lednicki rentre à Varsovie. En passant devant un camp de prisonniers allemands, il les a interpellés. Un officier étendu dans un coin s'est relevé péniblement et lui a demandé s'il connaissait un certain Szpilman. Devant la réponse positive de Zygmunt, l'officier a déclaré avoir aidé Wladyslaw quand il se cachait sous les toits de l'état-major des commandos à Varsovie et qu'il aimerait avoir de l'aide pour sortir de là. Lednicki poursuit sa route, mais réalise qu'il ne sait même pas le nom de l'officier allemand. Wladyslaw fait alors tout ce qui est en son pouvoir pour le retrouver, mais en vain. Il arrive parfois à Wladyslaw de donner des concerts dans l'immeuble du 8 rue Narbutt, à Varsovie. Ce bâtiment existe toujours et abrite maintenant une école. Il joue pour des enfants polonais et prie pour qu'ils n'aient pas à connaître la peur et les tourments de la guerre.

III. PRÉSENTATION DES PERSONNAGES

Cette présentation n'est pas exhaustive, mais permet de rendre compte de la variété des individus au sein du ghetto.

Wladyslaw Szpilman

Pianiste juif travaillant pour Radio Pologne. Au début du récit, il vit à Varsovie, chez ses parents au troisième étage d'un immeuble situé rue Sliska, avec ses deux sœurs et son frère. Il échappe de justesse à la déportation et il sera le seul de sa famille à survivre à la guerre. Après la guerre, il reprend son poste de pianiste à la radio.

Monsieur Szpilman

Le père de Wladyslaw. Il est violoniste et possède un caractère enjoué et plutôt optimiste. Sa ville natale est Sosnowiec. Varsovie ne lui a jamais plu, et à mesure que les conditions de vie y empirent, il voue une nostalgie grandissante à un Sosnowiec fortement idéalisé, le seul endroit au monde où il fait bon vivre, où tout le monde a le sens de la musique et sait reconnaître un bon violoniste. Chaque soir, après dîner, il croise les mains sur son ventre, s'adosse à sa chaise d'un air rêveur, ferme les yeux et inflige à sa famille la litanie de ses évocations extasiées, le tableau d'un Sosnowiec qui n'existe que dans son imagination attendrie. Pendant la guerre, il donne des cours particuliers de musique. Avec son naturel peu enclin aux idées sombres, il s'empresse de submerger sa famille de bonnes nouvelles. Quoi qu'il arrive, il y décèle chaque fois un très bon signe même lorsque les nouvelles sont déprimantes. Il se lance alors dans des diatribes enjouées. Il mourra en déportation dans une chambre à gaz allemande en 1942.

Madame Szpilman

La mère de Wladyslaw. Pendant la guerre, elle donne des cours particuliers de musique. Elle tient beaucoup à ce que la famille prenne leur repas ensemble. Par ce rituel domestique qui est son domaine, elle offre un élément de stabilité auquel tous peuvent se raccrocher. Elle veille à ce que la table soit toujours joliment dressée, avec une nappe et des serviettes propres. Elle se poudre à peine les joues avant de s'asseoir, rectifie sa coiffure en vérifiant les pans de sa robe, mais elle ne peut effacer de la même façon les petits plis qui sont apparus autour de ses yeux et qui vont se creuser au fil des mois, ni empêcher les mèches grises dans sa chevelure de tourner au blanc. Elle met un point d'honneur à ce qu'aucun sujet déplaisant ne soit évoqué à sa table. Elle mourra en déportation dans une chambre à gaz allemande en 1942.

Henryk

Le frère de Wladyslaw. Homme réservé, il arbore un éternel rictus sardonique, mais est capable d'une tendresse et d'une douceur extraordinaire. Pendant la guerre, il donne des cours particuliers d'anglais. Il refuse d'intégrer la police juive du ghetto comme tant de jeunes intellectuels. Il se rend chaque matin rue Nowolipki avec un panier bourré de livres qu'il vend sur le trottoir, noyé de sueur l'été, frissonnant dans le vent glacé l'hiver, inflexible, obstiné-ment attaché à ses convictions les plus chères. Il ne sort de sa morosité que pour chercher querelle à son frère. Critiquant ses cravates, il ne supporte pas que Wladyslaw s'habille avec soin quand il joue du piano en public. Il ne cherche pas à comprendre les sentiments et les occupations de son unique frère. Il mourra en déportation dans une chambre à gaz allemande en 1942.

Halina

Sœur de Wladyslaw. Pendant la guerre, elle donne des cours parti-culiers de musique. Elle ne paraît pas appartenir réellement à la famille. Toujours très réservée et secrète, elle ne partage presque jamais ses pensées, ses émotions ou ce qu'elle fait quand elle sort de l'appartement. Lorsqu'elle revient à la maison, elle est aussi impassible et silencieuse qu'en partant. Jour après jour, elle se contente de s'asseoir devant le repas sans manifester le moindre intérêt ni la moindre intention de se joindre à la conversation. Elle mourra en déportation dans une chambre à gaz allemande en 1942.

Regina

Sœur de Wladyslaw, elle exerce la profession de juriste. Sa formation d'avocate lui donne un sens aigu de l'honnêteté et des responsabilités. Pendant la guerre, elle exerce une activité d'enseignement. Elle mourra en déportation dans une chambre à gaz allemande en 1942.

Professeur Ursztein

Vieux pianiste travaillant pour Radio Pologne avec Wladyslaw. Alors que le commun des mortels calcule en jours et en heures, son unité de mesure per-sonnelle est la décennie de carrière d'accompagnateur. Ainsi, quand il cherche à situer quelque événement dans le passé, il commence invariablement par un : « Attendez voir... Oui, à l'époque, j'accompagnais une telle ou un tel. » Et une fois après avoir retrouvé de cette manière la période concernée et l'avoir localisée dans le temps, de même qu'une borne marque la distance au bord de la route, il laisse sa mémoire revenir au reste de ses souvenirs. La guerre sans accompagnement au piano est pour lui un non-sens.

Edmund Rudnicki

Directeur de Radio Pologne et ancien responsable des programmes musicaux. Loin de s'enfuir comme les autres lorsque la guerre est déclarée, il bat le rappel de ses collègues dispersés. Il aide Wladyslaw à se trouver une cachette lorsque celui-ci s'évade du ghetto.

Starzynski

Maire de la ville de Varsovie. Homme courageux, il commet cependant l'erreur de dissuader les habitants de se constituer des réserves de nourriture au début du conflit avec l'Allemagne. Il devient l'âme de la défense de Varsovie, le véritable héros de la cité. L'entière responsabilité de la ville repose sur ses épaules.

Kon et Heller

Deux nababs juifs vivant dans le ghetto. Ils se sont mis au service de la Gestapo et tirent de copieux bénéfices de cette protection. La véritable contrebande à grande échelle est contrôlée par eux.

Janusz Korczak

Médecin et homme de lettres, assidu du café de la rue Sienna où se produit Wladyslaw. Il possède l'estime des principales figures du mouvement Jeune Pologne. Ses talents littéraires s'exercent dans un registre très spécifique, celui des contes pour enfants. Ses textes, qui s'adressent aux petits et les prennent pour personnages, révèlent une rare sensibilité à la mentalité enfantine. C'est un pédagogue-né et un sincère philanthrope. Il veut partir avec les enfants emmenés par les Allemands.

Andrzej Goldfeder

Pianiste se produisant souvent en duo avec Wladyslaw au café « Le Sztuka » de la rue Leszno. En plus d'être un excellent pianiste, c'est un avocat réputé.

Dr Weigel

Remarquable bactériologiste vite devenu aussi célèbre qu'Hitler grâce à son vaccin contre le typhus, maladie qui va décimer le ghetto. Les Allemands l'arrêtent à Lemberg mais ne le tuent pas, lui offrant au contraire de devenir citoyen du Reich. Ils mettent à sa disposition un magnifique laboratoire, une merveilleuse villa et une non moins merveilleuse automobile, après l'avoir placé sous la surveillance de la Gestapo afin de s'assurer qu'il ne prenne pas la poudre d'escampette au lieu de fabriquer des vaccins à la chaîne, destinés à l'armée de l'Est, alors ravagée par les poux. Selon les rumeurs, le Dr Weigel a refusé la villa et la voiture. Après avoir révélé le secret de son vaccin aux Allemands, il a dû à quelque miracle de ne pas terminer dans une de leurs chambres à gaz. Son intervention a permis à nombre de Juifs de Varsovie d'échapper au typhus, même si cela devait être pour mourir d'autre façon peu après.

Rubinstein

Un homme ayant perdu la raison et qui se promène non loin de l'appartement de Roman Kramsztyk. Échevelé, débraillé, il brandit une canne tout en sautillant et en gesticulant, sans cesser de fredonner, de chuchoter, de s'adresser des discours inaudibles. Il est très populaire.

Mme L et Mme K.

Deux dames, figures de proue des associations charitables du ghetto.

Colonel Sezrynski, Capitaines Lejkin et Ehrlich

Policiers juifs, ce sont trois sous-fifres des bourreaux nazis. Ils ne sont pas moins dangereux et cruels que les Allemands et peut-être plus encore. Ni les larmes, ni les supplications, ni même les cris terrorisés des enfants n'ont d'effet sur eux.

« Tchic-Tchac »

Garde SS qui va devenir le fléau de l'existence de Wladyslaw alors qu'il travaille au 8 de la rue Narbutt, en quartier « aryen » afin de préparer des appartements pour plusieurs officiers SS. C'est un être d'une cruauté perverse. S'il veut punir quelqu'un, il lui ordonne de se pencher en avant, coince la tête de sa victime entre ses cuisses et se déchaîne sur son derrière avec un knout, livide de rage, en sifflant entre ses dents serrées : « Tchic, tchac, tchic, tchac… » Il ne relâche sa prise que lorsque l'autre s'évanouit de douleur.

Wilm Hosenfeld

Officier allemand, il est grand et a beaucoup de prestance. Il découvre Wladyslaw dans un immeuble abandonné de l'allée Niepodleglosci. Loin de le dénoncer, il lui procure des vivres et un édredon chaud. La guerre terminée, Wladyslaw essaie de le retrouver pour lui venir en aide, mais en vain. Wilm Hosenfeld disparaît dans les camps soviétiques après avoir sauvé des dizaines de vies, dont celle de Wladyslaw.

Zygmunt Lednicki

Violoniste et ancien collègue de Wladyslaw à la radio polonaise. Il a pris part au soulèvement et est rentré à Varsovie après maintes tribulations. En passant devant un camp provisoire de prisonniers allemands, un officier, apprenant qu'il est musicien, lui demande s'il connaît un certain Wladyslaw Szpilman. L'officier lui confie être allemand et avoir aidé Wladyslaw Szpilman au temps où il se cachait sous les toits de l'état-major des commandos à Varsovie. Il demande à Lednicki de prier Wladyslaw de le faire sortir de là. Lednicki accepte, mais un peu plus tard, il se rend compte qu'il a oublié de lui demander son nom. Il revient en arrière, mais un garde entraîne l'officier à l'écart et Lednicki n'est pas en mesure d'entendre ce qu'il lui crie en retour.

IV. AXES DE LECTURE

La vie dans le ghetto

Le livre de Wladyslaw Szpilman décrit d'une façon très claire l'organisation du ghetto de Varsovie et la façon dont les habitants se débrouillent pour survivre. Wladyslaw survit pendant deux ans dans le ghetto avant de s'en évader.

« *Notre monde était divisé en deux sphères : le Grand et le Petit Ghetto. Après avoir vu sa taille encore réduite, le Petit Ghetto, formé par les rues Wielka, Sienna, Zelazna, Chlodna, ne gardait plus qu'un seul point de contact avec le grand, de l'angle de la Zelazna jusqu'à l'autre côté de la rue Chlodna. Le Grand Ghetto, qui englobait toute la zone septentrionale de Varsovie, était une vaste confusion de ruelles étroites et malodorantes où les Juifs les plus démunis s'entassaient dans des masures aussi sales que bondées. En comparaison, la surpopulation du Petit Ghetto n'atteignait pas un degré aussi critique : trois ou quatre personnes s'y partageaient une pièce et avec un peu de dextérité il était encore possible de circuler dehors sans entrer en collision avec d'autres piétons. Et même si tous les détours et louvoiements ne vous épargnaient finalement pas un contact physique, l'expérience n'était pas trop dangereuse car la majorité des habitants étaient ici des intellectuels ou des bourgeois relativement prospères, c'est-à-dire moins susceptibles d'être couverts de vermine et déterminés à éliminer les poux que chacun ramenait de la moindre incursion dans le Grand Ghetto. C'était seulement après la rue Chlodna que le cauchemar commençait. À partir de là, il fallait compter sur sa chance, et avant tout sur sa perspicacité en choisissant le moment de s'aventurer dans ces parages.* »

La cruauté des nazis

Le livre renferme des scènes d'une horreur inexprimable et qui donne froid dans le dos. L'incroyable cruauté dont les nazis font preuve est tout simplement révoltante.

« *Ils ont obtempéré aussi vite que possible. Tous, sauf le grand-père, un vieil homme que ses jambes ne portaient plus. Fou de rage, le sous-officier s'est avancé vers la table, a posé ses poings sur la table et a fixé l'infirme de ses yeux furibonds en répétant : « Debout, j'ai dit ! » L'aïeul tentait vainement de se relever en pesant sur les bras de son fauteuil. Avant même que nous comprenions ce qu'ils allaient faire, les SS ont fondu sur lui, l'ont soulevé avec son siège, l'ont emporté sur le balcon et l'ont précipité dans la rue, du troisième étage.* »

« *C'est au pire moment de cette vague de froid que des centaines de Juifs déportés de l'ouest du pays ont commencé à arriver dans Varsovie. En fait, ils n'étaient qu'une minorité à y parvenir vivants. Entassés dans des wagons à bestiaux aux portes condamnées, ils restaient sans nourriture, ni boisson, ni couvertures pendant les jours entiers que ces terribles convois mettaient souvent pour atteindre la capitale. Lorsqu'ils étaient enfin libérés de ces tombes roulantes, il n'était pas rare que plus de la moitié d'entre eux aient succombé. Les survivants, atteints de cruelles engelures, se tenaient au milieu des cadavres raidis par le froid et encore debout, qui ne s'effondraient qu'une fois le wagon évacué. »*

Survie individuelle et solidarité

L'histoire de Wladyslaw Szpilman est un bel exemple de ténacité et de volonté de survivre. Bien sûr, la chance est un facteur important, mais sans le caractère exceptionnel de cet homme, sans la foi dont il a fait preuve et le courage qui l'a accompagné tout au long de son périple, aurait-il survécu à toutes ces terribles épreuves ? Heureusement, il a reçu de l'aide de la part d'amis généreux et fidèles qui lui ont permis de se cacher et de pouvoir se nourrir. Mais sa survie tient du miracle et réussir à surmonter toutes ces embûches et rester en vie est à la limite du possible. Torturé par la peur, la faim, la soif, le froid, la maladie, la solitude, la tristesse et le désespoir, Wladyslaw Szpilman a tout de même réussi à survivre afin de témoigner à la face du monde des horreurs endurées par les Juifs du ghetto de Varsovie.

« Deux jours plus tard, soit cinq avec le ventre complètement vide, je suis reparti en quête d'un bout de pain et d'un peu d'eau. Il n'y avait pas d'eau courante dans l'immeuble inachevé, mais j'ai aperçu des seaux alignés près d'une entrée, en prévision d'un incendie vraisemblablement. Une pellicule de saleté couvrait le contenu, des insectes morts flottaient à la surface et cependant je me suis jeté dessus avidement. Au bout de quelques gorgées, j'ai dû m'arrêter à cause de l'odeur pestilentielle de cette eau saumâtre, et parce que je ne pouvais éviter d'avaler des araignées et des mouches. Plus loin, dans l'atelier de menuiserie, j'ai découvert quelques croûtes de pain. Moisies, couvertes de poussière et de crottes de souris, mais un véritable trésor pour moi. »

L'importance de la musique

L'univers de la musique est présent tout au long de l'œuvre : le narrateur est pianiste, mais surtout, autour de lui, tout semble tenir par les sons et la musique : radio, artistes de café (Café Nowoczesna, puis rue de Sienna, Pod Fontana...) musique classique, amitiés d'orchestre, représentations... et même les instruments de valeur deviennent une monnaie pour survivre (comme les pianos).

Mais surtout, Wladyslaw Szpilman est épargné par un soldat allemand lorsque celui-ci l'entend jouer du piano. Il ira même jusqu'à lui donner à boire et à manger.

Dans la même collection en numérique

Escadrille 80

Inconnu à cette adresse

La controverse de Valladolid

Les Vilains petits canards

Une partie de campagne

Cahier d'un retour au pays natal

Dora Bruder

L'Enfant et la rivière

Moderato Cantabile

Alice au pays des merveilles

Le faucon déniché

Une vie

Chronique des Indiens Guayaki

Je voudrais que quelqu'un m'attende quelque part

La nuit de Valognes

Œdipe

Disparition Programmée

Education européenne

L'auberge rouge

L'Illiade

Le voyage de Monsieur Perrichon

Lucrèce Borgia

Paul et Virginie

Ursule Mirouët

Discours sur les fondements de l'inégalité

L'adversaire

La petite Fadette

La prochaine fois

Le blé en herbe

Le Mystère de la Chambre Jaune

Les Hauts des Hurlevent

Les perses

Mondo et autres histoires

Vingt mille lieues sous les mers

99 francs

Arria Marcella

Chante Luna

Emile, ou de l'éducation

Histoires extraordinaires

L'homme invisible

La bibliothécaire

La cicatrice

La croix des pauvres

La fille du capitaine

Le Crime de l'Orient-Express

Le Faucon malté

Le hussard sur le toit

Le Livre dont vous êtes la victime

Les cinq écus de Bretagne

No pasarán, le jeu

Quand j'avais cinq ans je m'ai tué

Si tu veux être mon amie

Tristan et Iseult

Une bouteille dans la mer de Gaza

Cent ans de solitude

Contes à l'envers

Contes et nouvelles en vers

Dalva

Jean de Florette

L'homme qui voulait être heureux

L'île mystérieuse

La Dame aux camélias

La petite sirène

La planète des singes

La Religieuse

1984 A l'Ouest rien de nouveau

Aliocha

Andromaque

Au bonheur des dames

Bel ami

Bérénice

Caligula

Cannibale

Carmen

Chronique d'une mort annoncée
Contes des frères Grimm
Cyrano de Bergerac
Des souris et des hommes
Deux ans de vacances
Dom Juan
Electre
En attendant Godot
Enfance
Eugénie Grandet
Fahrenheit 451
Fin de partie
Frankenstein
Gargantua
Germinal
Hamlet
Horace
Huis Clos
Jacques le fataliste
Jane Eyre
Knock
L'homme qui rit
La Bête humaine
La Cantatrice Chauve
La chartreuse de Parme
La cousine Bette
La Curée
La Farce de Maitre Pathelin
La ferme des animaux
La guerre de Troie n'aura pas lieu
La leçon
La Machine Infernale
La métamorphose
La mort du roi Tsongor
La nuit des temps
La nuit du renard
La Parure

La peau de chagrin

La Petite Fille de Monsieur Linh

La Photo qui tue

La Plage d'Ostende

La princesse de Clèves

La promesse de l'aube

La Vénus d'Ille

La vie devant soi

L'alchimiste

L'Amant

L'Ami retrouvé

L'appel de la forêt

L'assassin habite au 21

L'assommoir

L'attentat

L'attrape-coeurs

Le Bal

Le Barbier de Séville

Le Bourgeois Gentilhomme

Le Capitaine Fracasse

Le chat noir

Le chien des Baskerville

Le Cid

Le Colonel Chabert

Le Comte de Monte-Cristo

Le dernier jour d'un condamné

Le diable au corps

Le Grand Meaulnes

Le Grand Troupeau

Le Horla

Le jeu de l'amour et du hasard

Le Joueur d'échecs

Le Lion

Le liseur

Le malade imaginaire

Le Mariage de Figaro

Le meilleur des mondes

Le Monde comme il va

Le Parfum

Le Passeur

Le Petit Prince

Le pianiste

Le Prince

Le Roman de la momie

Le Roman de Renart

Le Rouge et le Noir

Le Soleil des Scortas

Le Tartuffe

Le vieux qui lisait des romans d'amour

l'Ecole des Femmes

L'Ecume Des Jours

Les Bonnes

Les Caprices de Marianne

Les cerfs-volants de Kaboul

Les contes de la Bécasse

Les dix petits nègres

Les femmes savantes

Les fourberies de Scapin

Les Justes

Les Lettres Persanes

Les liaisons dangereuses

Les Métamorphoses

Les Mouches

Les Trois mousquetaires

L'étrange cas du Dr Jekyll et de Mr Hyde

L'Ile Au Trésor

L'île des esclaves

L'illusion comique

L'Ingénu

L'Odyssée

L'Ombre du vent

Lorenzaccio

Madame Bovary

Manon Lescaut

Micromégas

Mon ami Frédéric

Mon bel oranger

Nana

Ne tirez pas sur l'oiseau moqueur

Notre-Dame de Paris

Oliver twist

On ne badine pas avec l'amour

Oscar et la dame rose

Pantagruel

Le Misanthrope

Perceval ou le conte du Graal

Phèdre

Ravage

Roméo et Juliette

Ruy Blas

Sa Majesté des Mouches

Si c'est un homme

Stupeur et tremblements

Supplément au voyage de Bougainville

Tanguy

Thérèse Desqueyroux

Thérèse Raquin

Ubu Roi

Un Barrage contre le Pacifique

Un long dimanche de fiançailles

Un secret

Vendredi ou la vie sauvage

Vipère au poing

Voyage au bout de la nuit

Voyage au centre de la terre

Yvain ou le Chevalier au lion

Zadig

À propos de la collection

La série FichesdeLecture.com offre des contenus éducatifs aux étudiants et aux professeurs tels que : des résumés, des analyses littéraires, des questionnaires et des commentaires sur la littérature moderne et classique. Nos documents sont prévus comme des compléments à la lecture des oeuvres originales et aide les étudiants à comprendre la littérature.

Fondé en 2001, notre site FichesdeLectures.com s'est développé très rapidement et propose désormais plus de 2500 documents directement téléchargeables en ligne, devenant ainsi le premier site d'analyses littéraires en ligne de langue française.

FichesdeLecture est partenaire du Ministère de l'Education du Luxembourg depuis 2009.

Plus d'informations sur www.fichesdelecture.com

ISBN: 978-2-511-02846-9

Notes :